燕寨集

吴小安 著

上海三联书店

献给凡

相信他

相信他会懂的

新西兰北帕住所附近乡野

厦门大学凌云一研究生宿舍（1988年秋）

阿姆斯特丹街头（2018年12月）

阿姆斯特丹住所（2018年圣诞）

燕园（2013年秋）

目　录

自　序

世间总有些人和事，注定是孤独的。不仅是规律，可能也是命运。但如果有些人和事，因此忧忧戚戚、裹足不前，那么，这份孤独便止于个人和私人的部分，失去了对人与事的超越。诗是如此，诗人也是如此。其实，孤寂的不只是诗人，同样也有诗。然而，世间不死的灵魂与不灭的梦想，偏偏不幸地包括诗歌与诗人。

研究生时期，苦闷彷徨时，曾经跃跃欲试，练笔写过点滴的诗，一如青春的骚动。不是为了发表，而是为了认清，还有狂放。毕业留校后，也曾发誓不再写诗，几乎保持了二十五年的记录。 2018 年开始，阴差阳错，又断断续续提笔写诗。同样不是为了发表，只是为了记录，还有沉淀。经过几十年风雨，自己藏在心底里的那颗诗心竟然没有给丢失了。这是没有想到的，如同这本诗集的整理和出版一样。

我应该算是一个投入之人，如果说不上充满激情的话；这点我自己也是清楚的。两年内不可收拾，竟然写了不少所谓的诗。既然三十年前我曾发誓不再写诗，既然两年前又重新提笔写诗，那么一劳永逸让自己不再写诗的最好方式，可能是将现有的拙诗整理结集出版。记得 1995 年元旦的黄昏，从位于荷属东印度公司总部遗址的办公室出来，我特地到附近阿姆斯特丹大街路边商店，买了一盒骆驼牌香烟。新年晚会现场拆封，取出一支自己抽，然后拱手送人，不再抽烟。这是仪式，记录一直保持着。

《燕寨集》收录的约八十首诗歌，是我人生各个关键节点的所见所闻与所思所想，包括研究生时代、留学岁月、教研空暇、以及海内外各地客座访问间歇。如果说，它是我的人生足迹与心灵律动的一份真实记录，应该没有夸张。然而，《燕寨集》却不是小我与小资的自怨自艾、自哼自嗨。这不是诗人终极的天性。以“燕寨”冠名，不仅因为它是我微信的域名，而且因为很多其它更重要的理由。喜欢燕子，因为季节；喜欢寨子，因为园林；喜欢大海，因为蓝天。

《燕寨集》里，不是诗人写诗，而是学人写诗。毋宁说，《燕寨集》更是一位学人与自己暨天地万物的呢喃絮语。或者说，它更是一位学人，在海内外经年求索的历程中，以诗心的触觉和诗性的语言，记录自己对世界、自然、人类、社会、文化、真理、人生、爱情、亲情、友情、美丑等永恒主题的智识感悟。青春的和骚动的，贫困的和理想的，生动的和繁芜的，自然的和社会的，本土的和他乡的，是底蕴，也是律动，更是主题，最后凝聚为诗。

旅途中所有的遇见，熟悉的和陌生的遇见，一路走来，无论阳光还是风雨，都已经云淡风轻，除了感恩。感恩老师，感恩朋友，感恩同仁，感恩亲人，感恩天地万物。

2020 年初夏

于北京西郊五道口

我喜欢在人少的时候看海

我喜欢
在人少的时候
看海
那时候
海是寂寞的

我喜欢
在人少的时候
看海
那时候
海才是我的

我喜欢
在人少的时候
海寂寞的时候

看海
那时候
海与我之间
我与海之间
没有障碍
也没有干扰

（1988 年于厦大海边）

过来　让我悄悄告诉你

过来
让我悄悄告诉你
想你的时候
很难见到你
不想你的时候
却偏偏经常遇见你

过来
让我悄悄告诉你
我不知道你在哪里
我哪里都在找你
我找不到你
脑海里
一块白板
心底里

一团空虚

过来
让我悄悄告诉你
我不知道你在哪里
但哪里都有你
我追寻着你
脑海里
一叠映像
心底里
一串失望

过来
让我悄悄告诉你
最想念的时候
是当你不在身边
我到处寻找
却哪里也找不着的时候

过来
让我悄悄告诉你
最想念的时候
因为你不在身边

你永远不可能知道
我那时究竟有多么的想念

（1988 年底暨 1991 年 9 月于厦大）

有　一　天

有一天
我忘掉了整个过去
我的步履
因此无比轻快

有一天
我埋葬了整个记忆
我的天空
因此一片蔚蓝

有一天
我遗失了整个自我
我的忧伤
因此无踪无影

有一天
我反复暗示自己
牢牢地抓住现在
我发现
我因此
真的真实地拥有现在

有一天
我不断提醒我自己
别顾虑什么得失与成败
我因此
干什么事情都那么顺气和顺心

有一天
我不再沉溺于自我
沉溺于过去
沉溺于回忆
我发现
我因此
一无所有又什么都有

有一天
我抛弃了一切的烦恼

抛弃了所有的顾虑
我发现
我身上竟如此自信
还有这么多
没有发掘出来的潜力与优势

有一天
我抛弃了世界
抛弃了一切
我发现
我竟因此拥有了世界
拥有了一切

（1989 年 9 月 2 日晚于厦大）

致 母 亲

一直在外面漂泊
很久没有回去
我真想回家
我一次次在海边徘徊

一直在世界上流浪
很少给家里写信
我心里在写
用我受伤的血和委屈的泪

终于　有一天
我回来了　妈妈
您感到欣喜
我也觉得高兴

可是　很快
我又匆忙　匆忙地
打点行包
告别了
重新去流浪

原谅我吧　妈妈
不是我不想家
不是我不想您
可是　我怎么能说
可是　您又怎么能理解
在我最熟悉的地方
您的儿子却感到了孤独

在陌生的世界里
我孤独　我能忍受
可是　妈妈
在温暖的故乡里
我孤独　无论如何
我却受不了

也许　故乡
依然没变

也许　变化的
仅仅是您的儿子

也许　您的儿子
依然没变
也许变化的
仅仅是您的儿子太渴望改变

（1989 年岁末于厦大图书馆）

我们是七十年代末的人

我们是七十年代末的人
我们心中还留下
那个年代的创伤
那个年代的思考

我们是上个世纪末的人
我们心中还眷念着
那个世纪的浪漫
那个世纪的幻想

我们更是下个世纪的人
我们心中总去不了
对这个世纪的忧虑
对我们这代人的彷徨

我们生活在过去
可我们却憧憬着未来
我们没有根
我们在寻找根

寻找　寻找
寻找的意义
寻找　寻找
寻找的悲伤
寻找的豁然开朗

（1989年末于厦大）

走了　马上就要走了

走了
马上就要走了
一切能带走的
我都带走了
一切不能带走的
我也想带走

啊　我忘了
我总是忘了
我还要回来
很快就要回来

走了
马上就要走了
一切应该带走的

我没法带走
一切不应该留下的
我却让它们留下了

啊　我忘了
我总是忘了
我还要回来
很快就要回来

（1990年1月11日中午1时于厦大海滨）

想你　在图书馆

（一）

想你
在图书馆
看到一本好书
一段触动我灵魂的文字
这时候
我总是想起你

缓缓地
缓缓的我
走出阅览室
习惯地点上一支烟
在淡淡的烟雾中
凝视着远方
我在跟你对话

我在与你交流

这些
也许你不知道
可我却以为你知道

（二）
想你
在游乐场
虽然有一帮朋友
一帮很难得的好朋友
但他们是他们
他们无法取代你

苦闷的原因是你
苦闷的药方是你
我唯一愿意倾诉这种苦闷的
也只有你

这些
我想你知道
可你却假装不知道

（三）

想你
你在我心里
心很小
你却在心里
胀大　再胀大
心　因为胀大
而沉重
心　因为沉重
而忧伤

想你
你在我心里
心很大
伴着我
你在心海里
嬉戏和遨游

心　因为听见
你的声音而喜悦
心　因为看不见
你的倩影而惆怅

这些
你未必知道
但现在你该知道了

（1990 年 1 月 24 于厦大图书馆）

爱是一桩事业

爱是一桩事业
一桩永生永世的事业
我爱
所以我知道
这桩事业
艰苦中的甜蜜
甜蜜里的艰苦

爱是一项工程
一项没完没了的工程
我爱
所以我懂得
这项工程
坚固中的脆弱
脆弱里的韧性

爱是整个生命
一个死去活来的生命
我爱
所以我珍惜
这个生命
激情中的真情
真切里的颤栗

（1990 年 1 月 25 日于厦大）

我又来到了海边

我又来到了海边
海水正在退潮
我伫立在一座裸露的礁石上
看海上的帆
帆下的海
在远方的孤寂中
我忘了
忘了
自己一直这么伫立着

我又来到了海边
海水正在涨潮
我躺在一片空旷的石板地上
看天上的云
岸上的人

在周遭的喧嚣中
我忘了
忘了
自己什么时候已经睡着了

我又来到了海边
海水刚刚退潮
我兴奋地奔走在湿湿的沙滩上
我想回头
看一眼
自己留下的那串脚印
我忘了
忘了
自己身后紧跟着一群
如我一样赶海的人

我又来到海边
不清楚海水是涨潮
还是退潮
我想理一理自己的
过去和现在
我伫立　我徘徊
我任性地躺在沙滩上

想捕捉
生命里往昔的光芒
想拨开
心中萦绕的那个雾团
我忘了
忘了
自己似乎已经做了一场春梦

（1990 年 2 月 18 日暨 3 月 11 日于厦大海边）

那一天　在海边

（一）

那一天清晨 6 点
下着细雨
当人们沉缅于梦乡
主妇穿梭于早市的时候
我跑步来到了海边

人很少
海边我看到了你
一位熟悉的老乞丐
既吃惊
竟有些不孤

虽然我始终不知你的名字
但是从入学的那天起

校园附近会经常遇见你
虽然只知道你是一位哑巴
无家可归
听说你神志还有些不清
经常在附近游荡
无论风雨

那一天清晨
下着细雨
灰濛濛的
你依然蒙头垢面
赤着脚
带着斗笠
夹着瓷碗
拄着一根小木棍
一个人孤单
却无所畏惧地
行走在海边
向前
慢慢的消失
在灰濛濛的细雨中

那一天清晨

我想起了
还在梦乡的人们
那一天清晨
我想起了自己
也想到了你
霎那间
满脸羞愧
为自己渺小的生命

（二）
那一天中午 1 点
阳光灿烂
人们正在午休
我满怀心思
再次来到海边

人依然很少
我又来到了海边
满怀青春的心思
你也来到了海边
走的同样的不轻松

我沉重

是因为年轻的骚动
你艰难
是因为无奈的残障
不能确定是暂时的
还是永久的

你提着拖鞋
拄着拐杖
驻足海边
凝视着远方
任凭海水冲击
你赤裸的双腿
仿佛在探寻
那本已知道
却永远不甘屈服的答案

默默的
我远远地走在你身后
悄悄的注视着
你坚定的身影
默默地
我顿时心里热泪盈眶
为你

更为自己卑微的青春

我不敢一直看你
我怕你会发现我
我不敢一直看你
我更怕你会敏感

我装着如无其事
我怕你会猜着我的心思
我装作若无其人
我更怕你会误解

我赶紧逃走
我走了
不敢回头再看你
我相信
你一定是怀着很久的心愿
专门来看海的
我目睹了
你面对大海时
那份令人艳羡的
忘情的喜悦与感动

那天中午
我赶紧离开海边
却是一步一回头
那天中午
我内心收获　满怀激励
却狠狠地嘲笑自己
自己的无病呻吟

（三）
那一天晚上 8 点
月光很暗
人不多
我在等人
在那里
一直
痴痴地久候

那一夜　月好冷
那一夜　心好凉
那一夜　人好痴
那一夜　好失望

那一夜 8 点

我的学生朝我走来
我的心里不只有忧伤
脸上挤出的却是笑容
在我的学生面前
我无语

那一夜 8 点
我的学生走后
我心里
突然觉得自己好虚伪
为尴尬的自我
在我的学生面前

（四）
那一天清晨 6 点
我发现
人少的时候
看海的
不只有我

那一天中午 1 点
我发现
人少的时候

看海的
不只是我

那一夜晚上 8 点
我发现
在海边
孤独的
不只是
我一个人

（1990 年 2 月 23 日，1990 年 4 月 28 日暨 1992 年 7 月 15 日于厦大）

为什么你总是游荡

为什么你总是游荡
有事无事的时候
于突然中
徒生
徒生
一种连自己都说不清的思绪

为什么你总是游荡
有事无事的时候
于冲动中
想寻找
寻找一种连自己也讲不清的东西

为什么你总是游荡
有事无事的时候

于平淡中
想挤出
挤出一点令自己感到新奇的意义

为什么你总是游荡
有事无事的时候
于遥远中
渴望
渴望一种对陌生的向往和体验

为什么你总是游荡
有事无事的时候

（1990 年 3 月 24 日于厦大）

饥饿的时候

饥饿的时候
饭菜
无论多么简便
都觉得那么香甜
但是我们有谁
有谁愿意老是饿着肚皮
仅仅为了这份香甜

不幸的时候
生活
无论多么平淡
都显得那么幸福
但是我们有谁
有谁愿意遭受不幸
仅仅为了这份体验

成功的时候
经历
无论多么坎坷
回想起来
都是那么神采飞扬
但是我们有谁
有谁愿意遭受坎坷
仅仅为了这份骄傲

垂死的时候
世界
无论多么丑恶
回想起来
都是那么叫人留恋
但是我们有谁
有谁愿意走向坟墓
仅仅为了这份感受

（1990年3月24日于厦大）

冒　险

冒险

意味着

成功的可能性与失败的可能性

一样大

更多的时候

是失败的可能性

远远超越成功的可能性

冒险

同时意味着

得到的程度与付出的代价

成正比

更多的时候

是付出了很多

乃至生命

最终可能一无所获

冒险
还意味着
付出了很高的代价
得到了双倍
甚至高倍的报偿
但是兑现的时机
绝不会是现在
也不会是不久的将来

冒险
是年轻的时候
明明知道
前面是温柔的诱惑
却仍然情不自禁地
纵身一跃
只是不知道
究竟是果敢
还是青春

冒险
同样是

年轻的时候
明明两情相悦
却依然义无反顾地
斩断情丝
只是不知道
到底是理性
还是热爱

（1990年4月7日于厦大图书馆）

六月　傍晚的芙蓉湖

六月
傍晚的芙蓉湖
独自一人
躺在草坪上
落日的余晖
洒满整个芙蓉园

恋人们在石椅上依偎私语
离退休老干部挥打着门球
一群人散在周围练习气功
天上晚霞朵朵
身边微风习习
莫名的忧伤与青春的烦恼
突然间无踪无影

仰望天空
什么也不想
不停地暗示着自己
这样我会很幸福
很平和
慢慢地
突然有了
我期待已久的那份宁静
没有了过去
也没有了未来
没有了沉重的回忆
没有了忧虑和期盼

只有现在
只有瞬间
只有我自己
以及我正在体验中的恬静与平和
这时候
我终于体会了幸福的主旨和秘密

六月
傍晚的芙蓉湖
独自一人

躺在草坪上

落日的余晖

洒满整个芙蓉园

（1990 年 6 月初某日傍晚于厦大芙蓉湖）

当我置身于游乐场的时候

（一）

当我置身于游乐场的时候
总会情不自禁地眷恋起
我那寂寞的小书斋
似乎只有在那里
我才会得到发泄和补偿
也似乎只有在那时
我也才会得到安慰和心理平衡
虽然它寂寞

当一颗心
想有所作为
却无法选择
茫然失措的时候
朋友　我们都会感到很累

当一颗心
感到很累
想得到安宁和抚慰的时候
朋友　我们都在心底里
呼唤着对方的名字

（二）
如果你深沉的忧伤
能化作点点的泪珠
从心底里滚出
也许你会好受点

为什么你总要咽到肚里
独自消受　我的朋友
为什么你的心
明明在哭泣
却不见你脸上的泪花

（1990 年 3 月暨 1991 年 9 月 15 日分别于厦大图书馆暨凌云一 202）

总会涌上一丝忧伤

总会涌上一丝忧伤
在我感动的时候
不知道
不知道是什么
令我如此心醉
离我又这样陌生

总会感到一丝疲惫
在我寻找的时候
不知道
不知道是什么
令我如此渴望
离我又这样遥远

总是想去游览

总是在游览的时候
心情沉重
总是想去寻找
总是在找到的时候
徒生一份伤感

虽然沉重
可还是想去游览
虽然伤感
可还是想要去寻找

外面的风景独好
只是自己的分量太轻
于是沉思
于是渴望

注：研究生第一次游学到北京查找资料几个星期，借住北师大研究生宿舍。没有地图，一路自行车问路，早晨从北师大出发，经北大，颐和园、香山、圆明园，单日单车单人来回，当晚有感于1990年11月12日。

书房总是冷清的

书房
总是冷清的
热闹的
只是书生的心

冷清的时候
冷清的我
总是能感受
感受到你的温暖

可是　为什么
为什么　欢乐的时候
欢乐的我的身边
却不见你的踪影
我的朋友

每一个感动的瞬间
每一次激情的日子
心里有你与我对话
总会有一种奋起的冲动
在甜蜜的忧伤里

每一个清新的时刻
每一次憧憬的沉溺
心里有你为风景
总会有一股柔情的汹涌
在生活的搏击中

书房
总是冷清的
热闹的
只是书生的心

（1991年2月15日深夜于厦大）

相见的时候

相见的时候
是一份感动
再见的时候
岂能是一次重温

快要启程了
往事历历　烟雨濛濛

既然这双手
不能为你搀扶
就请你在风雨中
多多保重

快要启程了
前方路远　后面风凉

既然这颗心
不能为你温暖
就请你落寞的时候
独自珍惜

想念的时候
很难见到你
勿念的时候
已是时常遇见的日子

（1991年8月29日于厦大凌云一202）

如果现在拥有

（一）

不要在失落的过去里
寻找那份早已冷却的温暖

斗转星移
世间无常
这期间的变故
早已物是人非
在写满自己与别人
故事的画面上
落下一层
厚厚的尘积
风光已不再旖旎
枝叶已不再茂盛
只留下景色
一片残破与萧条

惟有如纯真
和多情的种子
才会在其上
涂上一抹色彩
套上一圈光环
而加倍留恋
自我珍惜
其实
这斑斓这光环
当时我们却不曾感受到
也未必珍惜过
甚至　有时候
根本就不存在

不要在失落的过去里
寻找那份早已冷却的温暖
如果现在拥有

（二）
不要在遥远的将来里
编织那个虚无缥缈的梦想

固然出发的时候

我们的期待在远方
可是　走近
却发现
我们的心又飞离
到了另一个陌生
开始了另一次憧憬
和另一份追求
我们也始终
不曾感受到
企盼和渴望中的
那份想象
即使好奇与新鲜
也是瞬间的
稍纵即逝
而后慢慢变成
熟悉而平淡

不要在遥远的将来里
编织那个虚无缥缈的梦想
如果曾经失落

（1991 年 9 月 11 日于厦大新区三宿舍）

如果在繁华的都市里

如果在繁华的都市里
面对都市的喧嚣
我不困惑
而能够从容

如果在熙攘的人群里
面对人海的沸腾
我不孤独
而能够镇定

如果在热闹的海滩
独自徘徊
我不寂寞
而能够深沉

如果在年轻的校园
独自踟蹰
我不窘迫
能够穿透周围的目光
而依然向前

那都是因为您
是您给了我面对一切的勇气

如果在困苦中
我不感到沮丧
如果在挫折中
我依然奋起
如果在艰难里
我能够执着
如果在阴暗的日子
我心中充满了阳光

如果在干燥的沙漠
我能够忍受酷热
而幸福地回忆
如果在一天的劳作之后
我能够舒心地微笑

而憧憬着明天

那都是因为您
是您给了我面对一切的勇气

（1991年9月12日行走于厦大校园）

今年的月光好清

从来没有过这样的感觉
今年的月光好清
今年的月亮好静
今年的人好思念
和令人思念

从来没有过这样的心情
好想
好想　以一双柔和的目光
一份宽适的胸襟
和一颗恬静的心
去面对你
面对生活
面对我们的今天和明天

细水长流　润物无声
不是不懂得
不是没想过
更不是不温柔

如果曾经伤害与脆弱
如果依然躁动与不平静
我不祈求你宽恕
甚至不奢求你的理解

只是自己对自己说
会有那么一天
会有那么一年
我会永远
永远以柔和的目光
宽适的胸襟
和恬静的心
去面对永远的你
永远的生活和现在

虽然带着深深的歉意
和隐约的忏悔
细水长流　润物无声

不会不懂得
不会没想过
更不会不温柔

今年的月光好清
今年的月亮好静
今年的人好思念
和令人思念

你好吗

（1995年9月4日于伦敦）

我会把最好的祝福赠你

我会把最好的祝福
赠你
但不会把最好的礼物和诗句
与你
我得慢慢地
攒着
否则　将来
你再没有最好的了

当你离开的时候
你会想起
想起　这世界上
有一个人
有一个人　曾经特别真诚过
只是　不知道

不知道　你会不会
后悔

对你年迈的时候
你会明白
明白　这世界上
有一个人
有一个人　曾经特别执着过
只是　不知道
不知道　你会不会
满足

当你　后悔的时候
那个人　同样的后悔
当你　满足的时候
那个人　一样的心满意足

世界很大
却也很冷漠
人很多
却也相互陌生

惟有一份境界

令世界生动
惟有一份思念
令人们亲切

不停地走
只为不空虚
不停地走
只为一个信念

虽然世界在变
不变的
是那份境界
虽然
人也在变
不变的
总是那份思念

甩一甩头　笑一笑
看看周围的世界
想想周围的人和事
会不会　很不一样
待到山花烂漫时
我们一起笑

注：为撰写博士论文回国赴闽粤和东南亚田野调查，1995 年 12 月 31 于汕头台湾宾馆返厦门前夕，1996 年 8 月 16 匆匆于吉隆坡赴槟城前夕，以及 1996 年 9 月 8 日于吉隆坡。

毕　业　季

知识固然是力量
惟思辨与批判的知识
才会光芒四射

才干固然很亮丽
惟家国情怀与人类大爱
方是恒久宽厚的依托

生活固然需要阳光普照
惟狂风暴雨与泥泞崎岖
始能领略晴空万里
一马平川

不问孰因孰果
无论彼岸他山

不问共生共济
遑论生命与天地之间

不要在年轻的时候
过急地收获成功
越是丰硕的果实
越需要更多的耐心
和更久的守候

不要等到年老的时候
才关注品德修养
那时候更多的
也许只有忏悔与救赎

不要在失落的过去里
寻找那份早已冷却的温暖
惟有坚定地前行
才不会再次迷失
才会始终生动过去

毕业了
只是真正的开始
离开了

才发现
燕园是如此的眷恋依依

后会有期
还是遥遥无期
其实
我都知道
于我
不是寄语的自勉
于你
不是重温的流连

（2016 年 6 月 29 日应毕业班之邀作于五道口，2018 年 5 月 30 日修改于朗润园）

奥克兰 Piha 黑沙滩

我在这里
你在那里
你来与不来
我都在这里

你来了又离开
不问　为什么
我依然在这里
但问　你会在哪里

（2018 年 8 月 11 日回国前夕于奥克兰）

我的家在燕京西郊

我的家在燕京西郊
夏季
我在南岛初见冬天
冬天里
我把夏季错过了

我的家在燕京西郊
秋季
我在赤道又见夏天
夏天里
我把秋季错过了

我的家在燕京西郊
冬季
我们在西洋重逢
重逢的岂止是西洋

还有廿年前的春夏秋冬

我的家在燕京西郊
在西洋的冬季里
我热切憧憬着春天
春天不应该是
再次错过的季节

春天在哪里呢
不是椰风蕉雨
不是鹭岛鸭川
不是郁金香绽放的国度
不是映山红漫遍的山岗

我的家在燕京西郊
那里是我长大后
生活最久的地方
不是驿站
不是终点
是春天

（2018年中秋节作于新加坡三个月客座访问期间；12月初修定于荷兰莱顿）

有一种孤独叫阳春白雪

有一种孤独叫阳春白雪
有一种寂寞叫对牛弹琴
有一种隐忍叫沉默是金
有一种默契叫心照不宣
有一种情怀叫莫名的感动
有一种生活叫日常、世俗和庸碌的生命
有一种城市符号叫自行车与律动的辉映
有一种相思叫天长地久
有一种生动叫画龙点睛
照亮黑暗
点亮旅程
辉耀生命

（2018 年 12 月初于阿姆斯特丹）

节日总是宗教与文化的

节日总是宗教与文化的
回归的却是世俗和家庭
佳节之际
家在哪里
心思就在哪里

故乡总是时间与空间的
凝聚的却是父母和童年
出道之后
父母在哪里
牵挂就在哪里

故人总是青春与社会的
曾经的一厢情愿或心心相印
岁月之间

已是云淡风轻　往事如烟

一个人的圣诞
不是寂寞
是平和与心怀美好
一个人的仪式
不是矫情
是感恩与静静的思量

汩汩的字里行间
跳跃的不是诗句
是一颗跃跃欲试的诗心
在这风云激荡的世界
在这人生半百的年轮

（2018 年 12 月 24 日凌晨于阿姆斯特丹）

物总是人的故事

物总是人的故事
如果融入了心血
便是生命的记忆

人总喜欢收藏故事
如果揣怀梦想
便是自己的命运

生长是向上的
成熟是平舒的
无论生长还是成熟
都是迎着阳光
附着沃土
历经风吹雨打

生长的是青少年
成熟的是中青年
无论少年还是成年
都是面向社会
回归家园
尝尽人间沧桑

都市是本土的
更是五湖四海的
夜晚是青年的
更是游客的

寂寞的
岂是形单影只
热闹的
何止异国他乡

一样的动感
只是肤色和语言的不同
一样的喜庆
只是节点和仪式的差异

相同的场景

难道已经物是人非
共同的节日
不禁依然心潮澎湃

行走的都是游子
守候的总是亲人
无论海角天涯
为了此时此刻

（2018年12月31日夜晚于阿姆斯特丹街头归来）

早晨　都市晴空万里

早晨
都市晴空万里
运河一片蔚蓝
我以为是联通大海的缘故
原来是阳光

傍晚
街上行人步履匆匆
满脸兴奋
我以为是急着赶集
原来是回家

入夜
水面波光粼粼
跳跃起伏

我以为是河水在汩汩流动
原来是风

此刻
外面烟火满天
一片沸腾
我以为经历了远方钟声之后
自己不会再有律动
原来是时差

（2018年12月31日子夜于阿姆斯特丹）

诗　　心

诗
是生命
在特地的时间与空间
迸发的激情
激情之后的回忆与想像
不相信的委屈
不屈服的努力

诗
是人类
在特定的自然与社会碰撞
激荡的火花
点燃心灵的火山
或柔情　或悲伤
或共鸣　或分享

生命的温暖
文化
自然与人间

无论少年还是青年
无论中年还是老年
无论肤色贫富贵贱
无论教育与文化
只要胸怀纯真与美好
只要充满希望与感动
还有苦涩悲伤和愤怒
都是诗人

历史是最生动的诗歌
诗歌是最唯美的哲学
哲学是最高级的经验
文学是最艺术的历史
人民是最伟大的诗人
生活到处都是诗
最缺的是
诗心

诗

是心
充满爱
热爱自然
相信美好的纯粹
不掩饰
不做作
不虚伪
满怀回归和升华的
生命

（2019 年 5 月 5 日于北京）

跨　越

年青
是你自己当时认为对的东西
长大后
却很快自我觉醒　自我否定

年老
是你自己明明说错的东西
很多人却不会指出
很多时候甚至当面奉承

迷失
是年轻时候
明明觉得对的东西
却一味固执
事后很容易的明白

执着
是好多人认为错
却真不知是错
而你依然一往情深　奋勇向前

文化
是本应该坚持的追求和真理
不自觉异化为
资历礼仪的专业自觉

政治
是本应该坚持的专业操守与机构标尺
因为班子的小算盘
把无辜的老人和软弱的好人
强迫牵扯进来代表性抬举的算计

身份
是同样专业甚至常识的东西
从不同背景的人口中说出
却真诚地捧为经典

（2019 年 5 月 7 日于未名湖路过匆匆有感）

无助而自我的时候

无助而自我的时候
总是卑微与极端关系的因
绝望与依附的时候
总是顺受而危险关系的果

离开
不是因为逃避
是相信　也是自信
相信自己
相信未来

告别
不是因为任性
是仪式　也是改变
改变自己

改变现状

形势所逼的改变
是清醒的自觉
更是权宜之计
正念积极主动的改变
才是刻骨铭心的成长
痛改前非的忏悔
心怀美好的出发
日益丰富的善良
以及
风光无限的人生

（2019 年 5 月 9 日于北京匆匆有感）

未 名 湖

都说你是海洋
此时此刻
没有风
也没有雨
没有潮起
也没有潮落
海却分明辉映
在学子的心坎里

都说杨柳依依
此时此刻
你们如此倾情
是对眸
相向而行
还是辉映

水天一色
海静静地定格
在学子的初心里

没有风的湖面
没有雨的阴天
没有阳光的日子
没有潮涌潮落的喧嚣
只有你们的私语
还有傍边林荫道上
少男少女的足音
旅人的驻足与思绪
海却依然留存
在故人的感慨里

都是因为你是心中的海
人生路上的图腾
无论校内还是校外
无论年轻还是年长
海永远收藏
在走出校园学子的心乡里

人生的风景

心中的宝塔
未名湖
等待风起
等待潮涌

（2019 年 5 月 17 日途径未名湖上课途中有感，修改于 5 月 18 日）

母　　亲

童年的顽皮撒娇喊妈妈
成年的两耳鬓霜是母亲
在人间

母亲
是孩子长大离家后
儿时每日的依恋与任性
在在化为悠悠的乡愁
和绵绵的思念

母亲
是儿女为人父为人母的深切
夜深人静之时
默默转换为
对妈妈变老的牵挂

和无奈的愧疚

母亲是
是子欲养而亲不在的失落
祭奠之间
慢慢演绎为
自己回归路上的私语
天地之间的穿越
竟是子女成群的传承
和释然的告慰

儿时的咿呀学语叫妈妈
老年的白发苍苍是母亲
在山岗

（2019 年 5 月 12 于北京，23 日修订于安徽宿松）

井　冈　山

初见之前
憧憬的是红色洗礼
抵达之后
处处是绿水青山

血雨腥风的硝烟记忆
沥沥弥漫的
是革命的浪漫主义
边远孤寂的崇山峻岭
长夜仿佛是边缘到中心的
慢慢穿越

奔流江水中的白鹭洲
横亘的是几千年的历史传统
文天祥和王阳明

链接的是不朽的家国情怀
还有传统与现代的恩恩怨怨

从庐陵到吉安
蓝天白云之下
只有寻找
哪有失落

从吉安到井冈山
绿水青山之间
只有凭吊
何来伤悲

出了帝都
才懂啥叫接地气
离开燕园
方觉何谓象牙塔

（访问井冈山大学后2019年6月2日追记于北京）

我在这里默默祝福

南洋的雨
燕北的骄阳
太平洋上空的云彩
落基山脉脚下的薰衣草
望眼欲穿
风静静地吹
在今天
你独自放飞的日子

很小的时候
听你奶奶反复讲
曾爷爷是方圆几十里的绅士
老人离世时叮嘱
不要失落家里的书香

奶奶记住了
虽然是文盲
虽然刚过门不久
奶奶信诺了
虽然很早守寡
虽然背负着
清贫的地主成份

我也记住了
虽然年幼
六个兄弟姐妹
就我一人有机会读书
不为别的
就是不能失落曾爷爷的书香

我一直误以为是书箱
初中离家住校
需要自带一个木箱子
也曾在家里徒劳地寻找
曾爷爷的书箱到底藏在哪里

很多年了
在你出生之前

你已经在我的世界里
陪伴我好久了
让我归正
让我变好
让我坚强
也让我脆弱
以致某一天经过庙堂
刹那间不自觉地变得
恭敬和虔诚
以致红绿灯过马路时
愈发小心谨慎
不是害怕
而是放不下

为了你奶奶的信诺
是我的前半生
为了你今天的放飞
是我的后半生
而你今后的奋发
将会改变你的一生

南洋的风
燕北的星星

太平洋上空的朝阳
落基山脉林端的云雀
低头遐思
雨轻轻地落
在今天
你独自放飞的日子

注：2019年6月3日，犬子留学签证与机票皆以妥绪，当晚匆匆作于北京火车站出差排队上车间隙；6月6日，修改于青岛；8月15日，犬子乘中午12点航班离京赴美当日，再改于马来亚大学。

人生旅途

我一直很有方向感
却会经常迷路
我经常迷路
却还未丢失过自己

睡觉前
我盼望能够梦见
圆圆的月亮
醒来后
却发现已经是
金色的太阳

上大学后
经常做高考落榜的恶梦

落榜后
想必是金榜题名的美梦

（2019年6月7日于北京）

圆 石 山 水

不要一味羡慕
我如此的圆润靓丽
那是长年历经山洪
摧枯拉朽式的冲击与侵蚀

不要只是欣赏
眼前如此纯净平和的原生态景色
可曾想过
狂风暴雨山洪泥石流爆发时
我不屈的挣扎与搏击

（参观马来西亚热带雨林原生态遗址公园，回京有感补记于 2019 年 8 月 29 日）

季　节

但凡旅途
总会颠簸
旅途的颠簸
关乎路况
路况再好
总会有风雨

颠簸是气象的
一如台风
台风是季节的
一如候鸟
季节是候鸟的
一如人类

人总是喜欢

到陌生的地方度假
在熟悉的地方生活

人还喜欢
到陌生的地方放飞
在熟悉的地方凭吊

是放飞
还是疗伤
是凭吊
或是自慰

当初
是第一次
以为
是最后一次

不是意气
也不是意外
不是意外
更不是意气

随心随意
一如人生

（2019年10月2日早晨飞机抵达奥克兰机场，3日修订于北帕）

恩　典

恩典
对于受典
是功德
对于封典
是政治

恩典
对于国家
是政治
对于公民
是荣誉

恩典
对于单位
是利益
对于个人

是政治

荣誉本是功德
不是政治
政治本是信仰
不是恩典

国家的恩典
至高无上
单位的恩典
金玉其外

功德
从来是个人的
荣誉
从来不属于个人
以国家名义的荣誉
永远是单位的政治

恩典是功德
不是荣誉

（2019年10月3日于新西兰北帕）

天 地 之 间

寨子
只是江湖
难登大雅之堂

八旗
才是正统
满脸玩世不恭

企图好报的善
并非大善
八面玲珑的好
难免浮萍飘忽

游泳池里畅游
固然惬意

大江大海中搏击
方显英雄本色

望着远方的白云
真想纵身一跃
置身于海角天涯
特别想念江湖的美好

早出晚归在外奔波
家园就是温馨的港湾
足不出户自我隔离
喧嚣竟成惬意的大自然

人为什么如此热情
因为刻骨铭心的孤独
人为什么需要独处
因为无可奈何的纷扰

激情燃烧之后
又是平淡
久别重逢之日
再见情意

一见钟情的时候
总是半信半疑
一生一世之后
满心欣喜
谁说内心没有愧疚

草寇
能成为英雄
寨子
就能成为园林
乃至庙堂
谁说不是

可是
菩萨在哪呢

（2019 年 10 月 5 日于新西兰北帕）

响　亮

无声
并非因为无情
响亮
不一定深沉

沉淀在最深处
虽然隐秘
未必不是最爱

响亮
虽然热烈
未必能够持久

无言
不等于无声

尤其是赞美
和歌唱

无论自然
还是社会
无论国家
或是人类
无论愤怒
还是热爱

事关自己的时候
沉默也许是境界
最需要执义仗言的时候
如果集体失声
想必不可救药

表达
对个人是情感
对集体却是仪式
尤其是庄严的表达
总是需要酝酿
更会被检视

为什么人们
总是喜欢
激情洋溢的歌唱
不喜欢
默默无语的深沉

（2019 年 10 月 8 日于新西兰北帕）

相　　信

上善若水
水深莫测

都是饮食男女
文化
在本土
是阶级与教养
在他乡
是族群和宗教

都是凡夫俗子
住房
是个人在公共空间的合法隐私
土地
是国家对自然资源的主权垄断

都是礼尚往来
最好的东西
人民和国家总是外销奉献
富豪和小人总是自我留存

都是一腔热血
响亮
如果是表演
只要激情与技巧
深沉
只要是热爱
总是无悔的生命担当

都是恋爱
如果钟情
男孩总是恨不得
马上倾其所有
女孩总是刻意
把最宝贵的东西
当作迷藏似的
留到最后一刻

从来就没有理所当然
无论是好
还是不好

道无常
总是有常

（2019 年 10 月 9 日于新西兰北帕）

没有人的地方是荒原

没有人的地方
是荒原
被人遗弃的地方
是废墟

从秋天到冬天
是更替
从夏天到春天
是逆反

有人的自然
是社会
有亲朋的地方
是家园

人类
是自然最美丽的风景
学生
是校园最生动的自然

政府的对面
是人民
社会的对应
是自然

没有开发的地方
是自然
已经开发的地方
是社会

人类的种植
是文化
正常的东西
是自然

喧嚣
是自然最华丽的乐章
平常

是生活最惬意的自然

面向同行的知识
是专业
面对隔行的灌输
是不自然

中学与大学
隔山隔水
中学与西学
大海重洋

回首
是反思
回归
是自然

鹭岛鸭川牛栏山
椰风蕉雨东西洋
都是天上人间

（2019 年 10 月 11 日于新西兰北帕）

沐　浴

后院的景观
是人文
自然的风景
是生态

围圈的草地
是牧场
天然的牧场
是草原

牛的粪便
耐闻
因为吃的是草

狗的排泄

难闻
因为吃的是屎

自己的脏污
总是理所当然
因为认同

至亲的大小解
不排斥
因为热爱

底线
从来是无形的
关乎善恶
关乎人

思想
应该是超越的
关乎境界
关乎心

纯粹
不是宣示

是一以贯之

天地之间
洗涤一身尘埃
不是忏悔
是沐浴

（2019 年 10 月 12 日于新西兰北帕）

那个年代的男人有风骨

那个年代的男人
有风骨
那个年代的老人
有情怀
那个年代的长者
不做作
那个年代的学人
很纯粹

那个年代的学长
有担当
那个年代的学阀
有精神
那个年代的社会
风清气正

那个年代的人民
意气风发

那个年代的您啊
像孩子一样可爱
像风一样自由
那个年代的我们
像花一样绽放
像小鸟一样歌唱

您自由的心灵
依然故我
穿越燕园
穿越时代
始终像风
轻轻飘过

您心灵的自由
不只属于自己
不只属于北大
更不只属于那个时代
也不属于那个时代的自由

那个年代的记忆
也只是记忆
却依然如风
飘过我们
那个时代的您啊
没有远去
却依然如风
吹向远方

（悼念北大丁石孙老校长逝世，2019 年 10 月 13 日于新西兰北帕）

我　问

日落前
一个人独自
在落寞的部落战争遗址
角落的那片丛林
依稀可觅当年

你们躺在那里
沉重
是历史的见证
还是无声的控诉

我站立在这里
凝望
是心底里愤怒
还是一腔热血

为什么同样的东西
同样的人
瞬息之间
像变了法似的
竟如此天壤之别

我没有迷惑
只是眨了眨眼
我没有迷失
只是回了回头

看着这里
想着那里
我问
热泪盈眶

日落前
一个人独自
在落寞的部落战争遗址
角落的那片丛林
依稀可觅当年

（2019 年 10 月 15 日于新西兰北帕）

错　位

人和物
都是时间与空间的坐标
错位
既是人物关系的分裂
更是时空关系的倒置

白天的春色
竟然成为夜光下的秋叶
如果不是身临其境

神话的真相
总是在于民间流行的传说
无论是否无辜

没有以理论和方法论依托的学术
从来就不是创新

学富五车和著作等身
从来都是心中学人的经典

中外差异
不仅是语言
而且是距离与文化
吊诡之处
更有时间差
以及不同等级与话语的迷思

错位是距离
也是神话与传说的渊薮
距离是差距
也是渴望抵达的目标
不能抵达的想象
以及魅力美学和霸权关系的生态

对牛弹琴
是错位
阳春白雪
也是错位

文化震撼

是错位
头脑风暴
也是错位

错位
是对现实关系的再平衡
错位
是对智识关系的重新定位

界限与参照系
是错位之所以错位的因果
自我迷失
错位是矫正
自我清醒
错位是校对

最终的目的
总是归正
总有一天
会复位和还原

（2019 年 10 月 17 日于新西兰）

不　要

不要以为学者
真的是书呆子
那可能是因为大智如愚

不要以为诗人
真的不接地气
那可能因为不愿太过庸俗

不要以为明星
都是光芒四射
那可能是因为被包装的缘故

不要以为国王
都是关怀慈祥
那可能只是身不由己

不要以为美女
真的不解风情
其实那只不过是故意矜持

不要以为老实人
真的好欺负
那是相信忍即是美德

不要以为
沉默就是默许
那可能因为不耻于争论

不要以为
只有发火才是愤怒
因为虚伪的人很少敢公开发怒

不要以为
受难就是窝囊
对很多人而言真的视其为自我修行

不要以为

自作聪明
要知道聪明从来反被聪明误

（2019 年 10 月 18 日于新西兰北帕）

燕　园

从燕国到燕州
从燕京到北京
燕国远去
燕山屹立
燕京不再
燕园永驻

问题与主义之间
始终是您无法左右的历史
多谈些问题
是和平时期象牙塔里的理想
多谈些主义
是烽火时期革命的救亡图存

未见您之前

您是殿堂
引无数青年竞折腰
登堂入室之后
您是学堂
引多少学子指点江山

多少人视您为庙堂
竞作精致利己主义的菩萨
在学子们心中
您永远是学术的图腾
人生的风景

有学者说您是一条漏油的破船
多少历史潮流汹涌
在国家民族转折的风口浪尖
却始终是您的旗帜和身影
而又有多少辛勤的园丁
在后院为您默默耕耘培育

世界日新常维新
几十年如一日
您的宠辱不惊
又令多少学子悲愤

您不该依然如此守旧

未名湖是海洋
燕园不是上海滩
一塔湖图是新文化
博雅塔岂是风水

从燕国到燕州
从燕京到北京
燕国远去
燕山屹立
燕京不再
燕园永驻

（2019年10月20日于新西兰北帕）

喜欢大海　因为蓝天

（一）

喜欢大海
因为蓝天

喜欢山河
因为村庄

喜欢草原
因为牛羊

喜欢戈壁
因为砾石

喜欢大地
因为人类

喜欢陌生
因为相信

喜欢友爱
因为心灵

（二）
喜欢影子
因为阳光

喜欢黑夜
因为星辰

喜欢都市
因为街灯

喜欢早晨
因为旭日

喜欢黄昏
因为霞光

喜欢天边
因为梦想

喜欢愤怒
因为热爱

（2019 年 10 月 27 日于新西兰北帕）

想　念

您在的时候
经常梦见您离开了
醒来后
已是泪眼满襟

您不在的时候
经常梦见您笑脸常开
醒来后
已是满心欢喜

不想的时候
我在这里
世界近在咫尺
没啥分别

想念的时候
您在那里
已是海角天涯
天上人间

（2019 年 10 月 27 日于新西兰北帕）

红　　叶

我静静地站在树下
凝视着您
自我陶醉
霎那间
风起
您曼歌轻舞
风情万千
经久不息
好像一生一世
我满心感动
虽然多情
却也知道
您不是在为我起舞

我静静地站在树下

凝望着您

依然沉醉

霎那间

风停

一切重归平静

似乎什么都没有发生

虽然您不曾为我起舞

我却情不自禁

为您歌唱

为只有我俩分享的瞬间

（2019 年 11 月 5 日午餐后于新西兰北帕梅西大学校园）

草　　坪

仰面晴空
躺在您的绿洲
闭上眼睛
放飞

没有担心
是亲密接触
没有践踏
是用心拥抱
没有负疚感
是天地人合一
没有破坏
是生命的热爱
生活的气息

背靠绿洲
仰望晴空
睁开眼睛
徜徉
培育和呵护您的
不仅有园丁
也包括我们
您是我们共同的家园和自然
不是用来摆设的
也不是用来欣赏的
那是失真
是垄断
是一个不能拥抱的梦想

（2019 年 11 月 7 日午餐后于新西兰北帕梅西大学绿色广场草坪）

末　名

开始
总是别人的路
走过
才是自己的路

当初
都是外人
过门
便成了内人

开放的
总是公园
闭关的
总是庭院

认识的
都是熟人
信任的
才是朋友

交换的
总是生意
交心的
才是知己

挂羊头的
总是屠夫
卖狗肉的
必是郎中

个人标榜
是炒作
机构吹牛
才是认定

傻傻的
总是书生
算计的

才是政客

外边的
总是广告
里面的
才是真相

外行的
总是崇拜
内行的
才会批判

开始
总是走别人的路
最后
总得留下自己的路

（2019 年 11 月 9 日于新西兰北帕）

生　　态

公家的前院
对外
敞亮气派
像狮子

私家的后院
对内
私密深隐
像伊人

大雨磅礴的季节
山涧的溪流
激流混浊
像猛兽

风和日丽的日子
山涧的溪流
清澈温润
像碧玉

天冷的时候
屋里
总是温暖的
像亲人

天热的时候
屋里
总是凉爽的
像晚风

（2019 年 11 月 11 日于新西兰北帕）

前　后

背后看花
花是背景
正面看花
叶是背景

缝里看人
人是用眼
正面看人
人是用心

隔山观海
心有多丰富
海就有多宽广

雾里看花

人有多迷茫
花就有多美丽

水中望月
水有多混浊
月就有多神秘

用脚走路
脚走多远
路就是多远

用心走路
心走多远
路就是天人合一
不仅回归

（2019 年 11 月 13 日于新西兰北帕）

殊 途 同 归

亲密
不一定总是人与人之间
却始终源于人与人

热爱
应该发轫于亲人与恋人
却不止于亲人与恋人之间

沉默
不一定是无语
委屈
不一定要流泪

无语
不一定不是感动
流泪

不一定总是悲伤

都是讲座
Lecture
主要面向学生
Seminar
专门针对同仁

都是回首
回顾
看得清脉络
反省
看得清本质

都是视角
内观
容易变成主观
外观
容易变成比较

同样的初心
一样的殊途同归

（2019 年 11 月 18 日于新西兰北帕）

如 果 遥 远

如果遥远
不同的地方
是不同的气候
虽然天地
是一样的永恒

如果相信
不同的个体
是不同的人生
虽然生命
是一样的轮回

自然
是时间的尺度
个体

是生命的刻度

活着
善良地活着
本来
就是意义

如同祖先
如同世外
如同子孙
如同域外

无论彼此
只要善良

（2019 年 12 月 8 日于新西兰北帕）

每当看到碧空如洗

每当看到碧空如洗
我会情不自禁地想起
硝烟弥漫的战场
原来和平就该是这样心旷神怡的颜色
不仅是牧歌式的人间烟火

每当看到黑郁金香
我会情不自禁地想起
红玫瑰鲜花的海洋
原来红黑就该是这样天壤之别的辉映
不仅是蜕变之间的华丽转身

每当看到收获之后的祭祀
我会情不自禁地想起
欠收饥馑的殇痛

原来悲喜竟然是如此习以为常的牵连
不仅是劳作之后的犒劳仪式

每当看到岁末候鸟似的迁徙
我会情不自禁地想起
辞旧迎新的团圆
原来世代是如此周而复始的天伦
不仅是繁衍不息的生命传承

（2019 年 12 月 11 日于新西兰北帕）

跨　界

（一）

如此质疑
究竟是因为职业
还是因为价值

如此求真
究竟是因为天性
还是因为职业

（二）

茶馆说唱
成为戏曲
固然是街头娱乐
更是民间艺术

教授讲段子
成为网红
固然是公知
更是异化无耻

（三）
伤痛与隐私
从来私密
甚至不堪回首
不能言说

艺术与娱乐
向来令人津津乐道
毫不掩饰甚至羞愧于
别人伤痛隐私的消遣

（四）
没有希望的日子
吃喝玩乐就是希望
没有追求的日子
自我放纵便是追求

最缺少什么

便最需要什么
如果什么都不匮乏
才是价值与境界的真正考验

（五）
如此执着
究竟是为了热爱
还是因为本身脆弱

如此眷念
究竟是因为痴情
还是因为本身无奈

（2019年12月12日于新西兰北帕）

河　山

山河
从来彼此相恋
江海
始终归于融合

天地
自古互为依倚
人与自然
向来唇齿相依

家国
自古生死依托
身心
从来应该合一

美丑
始终没有绝对
男女
自古衍衍不息

（2019年12月13日于新西兰北帕）

我在遥远的乡野奔跑

我在遥远的乡野奔跑
沿着葱绿的牧场
任自己奔跑
我忘了
忘了年龄
仿佛又回到了少年
我忘了
忘了自己是在追逐太阳
还是追随内心

我在遥远的乡野奔跑
沿着清澈的河流
任自己奔跑
我忘了
忘了终点

仿佛又回到了家乡
我忘了
忘了自己是在追逐旷野
还是奔向童年

我在遥远的乡野奔跑
沿着耸立的树林大道
任自己奔跑
我忘了
忘了空间
仿佛已经抵达了天边
我忘了
忘了自己是在追逐未来
还是奔向家乡

我在遥远的乡野奔跑
向着金色无垠的远方
任自己奔跑
我忘了
忘了时间
仿佛前方的大道
始终无垠无尽
我忘了

忘了自己是在追逐夕阳
还是奔向朝霞

我在遥远的乡野奔跑
迎着各式各样友好的陌生脸庞
任自己奔跑
我忘了
忘了自己是在奔跑
还是在歌唱

我在遥远的乡野奔跑
迎着太阳
任自己奔跑

（2019年12月14日于新西兰北帕跑步归来）

京城的雪

下雪了
越往北
雪越大越冰冷
少男少女式的兴奋
自然理所当然
无论年龄多高
如果心里温存依然
就是春天

雪是北方的
成冰化雨的年轮印记
热切的初心期盼
却是南方的

雪是中老年人的

来年日子的希冀
兴奋的嬉戏玩雪
则是青少年的

北方的雪
是京城的
春天的孕育
京城的雪哟
更是文人骚客
憋了一个冬天的激情迸发

京城的雪
是帝都的
竟成文人骚客的煽情
五湖四海的飘散
帝都的雪哟
凝聚为全国人民的兴奋
全球华人的文化盛宴

大雪纷飞
焕然一新
是雪的礼赞
季节的

是美好生活的渴望
普世的

下雪了
越往南
雪越新越神奇
少男少女式的兴奋
自然理所当然
无论年龄多高
如果心里温存依然
就是冬天

（2019年12月16日于新西兰北帕）

仪　式

月明风清的日子
这一天最平安
心平气和的时候
这一刻最清醒
厚实的
是脚踏实地
清高的
是登高望远

不愿相信
虚无缥缈的理想
却笃信生命的渴望
不敢相信
伟大崇高的信仰
却坚信生活的盼头

无论得意
还是失意
不会沉溺于灯红酒绿
只会坚持每日的慢跑
相信这是最好的仪式

集体的仪式
是权力
文化的仪式
是认同
个人的仪式
是承诺

节日是文化的
旅人是候鸟的
热闹冷清之间
仪式都是自发的
在文化的与个人的仪式
纵横交错的日子

节点是临界的
往往是总结反省

也是重新出发的时候
仪式总是必须的
在辞旧迎新的日子

（2019年12月24日于新西兰北帕）

如果天空不是蓝色的

如果天空不是蓝色的
大海会怎样
如果山野不是绿色的
大地会怎样

如果太阳不是光明的
黑夜会怎样
如果月亮不是银色的
白昼会怎样

如果文明不是进步的
传统会怎样
如果人类不是传承的
子孙会怎样

如果大学不是开放的
国家会怎样
如果世界不是包容的
和平会怎样

如果个人不是渺小的
宇宙会怎样
如果家庭不是基本的
人伦会怎样

如果生命不是短暂的
永恒会怎样
如果时代不是局限的
未来会怎样

如果社会不是无害的
地球会怎样
如果人民不是相亲相爱的
我们会怎样

（2019 年 12 月 25 日于新西兰北帕）

一年里　我把前半生的诗写完了

（一）

在腊月

不是寒冬

一天里

我把一年过完了

一年里

我把前半生的诗写完了

夏季之后

很快又会回到春天

不是为了

浪漫

天地之间

如果时间交错
人会怎样

在这里
期盼

（二）
为什么总是那么兴高采烈
追逐着蓝天白云
因为自己是陌生人
原本就不曾拥有
这里

为什么总是那么兴致盎然
追随着牧场牛羊
因为年少太早离家
却已经不再属于
那里

（三）
时空的交错
缝隙之间
是自然和社会的隐私

是每个成熟的生命
各自营造的那个共同栖息
身心的
愉悦的
栖息

节日总是文化的
此时此刻的节点却是普世的
转换之际
心系哪里
哪里就是庇护
仪式的
自发的
庇护

（四）
在彼时
念着此时

缝隙之间
汇聚成你我岁月的河流
不是因为
冲动

一天里
我把一年过完了
一年里
我把前半生的诗写完了

生命之中
如果空间交错
物会怎样

在来年
回首

（2019 年 12 月 31 日子夜于新西兰北帕）

过　年

世间所有情的坍塌
其实都是因为生活的苦
所以年轻就是好
只要成长

世间所有生活的苦
最终都会被情的温暖销融
所以生活就是好
只要人间烟火不熄

（2020 元旦识于新西兰北帕）

仿　佛

狂风
适合斗士
尤其是年轻气盛的时候

总想自由的飞翔
摆脱现在
却总是按耐住自己
不是那么任性

年轻的时候
就是美好
至少不顺心时
还有本钱
自我折磨糟蹋

总是在寻找
寻找那个时代的记忆
却总在辨析
究竟哪里是自己

年老的时候
就是平和
至少得意的时候
还能淡定
不至乐极生悲

和风
适合绅士
尤其是万水千山之后

（2020年1月12日于新西兰北帕）

又　见

又见夕阳
却不见炊烟
又见青松
却不见山峦

又见牧场
却不见牛羊
又见乡野
却不见故乡

又见河流
却不见冰封
又见云彩
却远隔万水千山

又见黄昏
却不闻知了声
又见过年
却是孩子离家返校的日子

（2020 年 1 月 18 日犬子返美前夕于新西兰北帕）

南半球的春节

去年的冬天
虽然寒冷
却倍感温暖
回想起来
应该是心里装着春天

今年的夏季
并不火热
却仿佛春秋
回想起来
应该是心里仍住着冬天

每年的过年
都是天伦之乐的相守
今年的除夕

却是许许多多的家庭

天各一方

不只是思念

（2020年1月24日除夕于新西兰北帕）

折　　腰

攻击与应对
风和树之间
在某个不是风和日丽的日子
莫名的战争
虽然很无辜

摧残与坚韧
咆哮和承受之间
都是自然的力量
生命的顽强
虽然很受伤

撕裂或是伤痛
生命和寿命之间
无论完整或是折腰

岁月都是见证
不倒的喜悦

（2020 年 1 月 26 日于新西兰北帕）

大年过了　春雪下了

大年过了
不像往年
没有兴奋
只有恐慌

忍不住热泪盈眶
突然需要抒发赞美之情时
被赞美的人或物
一定是崇高的和热爱的
无论伟大还是卑微

春雪下了
不像从前
没有欣喜
只有郁闷

忍不住满腔愤怒
突然需要表达控诉之火时
被控诉的人或物
一定是霸权的和机制的
无论掩饰还是推诿

春天到了
不像往常
不再是生命的礼赞
只有承受

如果不再热泪盈眶
灵魂何以安放
如果不能表达控诉
生命何以继续

（2020 年 2 月 2 日于新西兰北帕）

在这踏上归途的日子

（一）

哪里每天都有太阳升起
无论看得见还是看不见
在哪里
哪里就是日子
从哪里来
哪里就是怀念

天地都一样
只是山川不同
日月都同辉
只是人文各异
人还是那个人
只是时光不会倒流

记忆中
年少时的泪水
总是调皮委屈和脆弱
响亮又夸张
唰唰的
在这踏上归途的日子

（二）
不是每个城市的早晨
都是白昼
不是每个乡村的夜晚
都是黑夜

不是每一座高山
都是白雪皑皑
不是每一个峡谷
都是激流汹涌

不是每一片沙滩
都是金光灿烂
不是每一片大海
都是碧波荡漾

不是每一个季节
都是春暖花开
不是每一片流域
都是鱼米之乡

不是每一个节日
都是喜庆狂欢
不是每一次道别
都能重逢于未来

（三）

哪里每天都有夕阳西下
无论看得见还是看不见
在哪里
哪里就有足音
到哪里去
哪里就是明天

天地都一样
只是山川不同
日月都同辉
只是人文各异
人还是那个人

只是时光不会倒流

生活里
成年后的泪水
总是悲伤感动和热爱
隐约而私密
默默的
在这踏上归途的日子

（2020 年 2 月 8 日于新西兰北帕）

时　间

世间的风景
总是游客的
更是故人的

从来就没有什么康庄大道
只不过日常的凹凸不平
当人们还在熟睡的时候
给悄悄抚平了

多少年前
鹭岛的潮汐
凤凰花开的日子
五老峰脚下的海滨环岛
是不慌不忙的静谧乡野
那时候

我却青春年少
无法体会

从来就没有什么清澈山涧
只不过日常的混浊泥沙
在不知不觉的风和日丽中
给慢慢沉淀了

多少年前
京都的鸭川
樱花遍野的季节
悠长宽阔的河道
是不紧不慢的潺潺流水
那时候
我却忙于庸碌
没有心思

世间的风景
总是特定的
更是岁月的

（2020年2月11日于新西兰北帕 Manawatu 河滨）

送　别

甚至连告别
都没必要说
你们就这样
就这样
突然一个个
走了

没有告别
送别却总要有的
无论看得见
还是看不见

我们活着
无论世俗的
还是精神的

每个人
都是自己的世界
每个人
都生活在对方的世界

惟有经过苦难之后
才会如此刻骨铭心
世间的情
原来不只是情
更是生活
生活啊

甚至连送别
都来不及说
你们就这样
就这样
突然一个个
走了

没有送别
告别却总要有的
无论听得见
还是听不见

我们活着
无论自我
还是亲人
每个人
都是这个世界的坐标
每代人
都是那个时代的标本

惟有经过生死之后
才会如此撕心裂肺
世间的爱
原来不只是爱
更是生命
生命啊

（悉闻华中科大教授红凌突然英年早逝，2020 年 2 月 13 日作于新西兰北帕）

如 果 简 单

如果简单
是最精致的复杂
那是因为
曾经走过万水千山

如果人伦
是最精华的文化
那是因为
曾经历尽世间沧桑

如果无语
是最后的呐喊
那是因为
对世界不舍的人性光芒

如果此时不能写诗
不是因为自己没有心情
而是因为
不知道诗到底为谁而歌

如果此刻特别感恩
不是因为你们突然集体离开
而是因为
自己竟然还活在人间

（2020 年 2 月 22 日于北京）

春　天

莫名的人
在未名湖
灰色的天空
只有飞鸟
在欢叫

莫名的心情
在未名湖
宁静的湖水
只有鸳鸯
在畅游

莫名的季节
在未名湖
惊蛰的时令

只有自然

在孕育

（2020年3月6日于未名湖）

一个人的时候

一个人的时候
并且不是几个月的
如果能够独自喝酒品茶
不是因为贪杯
而是因为内心充满了希望

一个人的时候
并且不是几个月的
如果能够独自阅读听歌
不是因为寂寞
而是因为内心激情丰富

一个人的时候
并且不是几个月的
如果能够独自过节

不是因为仪式

而是因为内心坦然相信

（2020 年 3 月 8 日于北京）

校园里静悄悄的

校园里静悄悄的
我来了
久违的那片海
鸟儿也跟着
飞鸣起来
风在那里轻轻地吹

校园里静悄悄的
我走了
心中的那勺湖
鱼儿也随即
游散开来
风仍在那里轻轻地吹

（2020 年 3 月 11 日于未名湖）

反　动

那么新颖的概念
被格式化了
忘却了思想

那么深刻的思想
被民粹化了
失去了锋芒

那么本真的创新
被形态化了
抛弃了科学

（2020 年 3 月 14 日于北京）

学 人 推 介

吴小安的诗淡雅中透着情韵，朴素自然而有灵性。凝练精微，趣味盎然。历经三十年的岁月磨洗，这部诗集让我们看到人生的旷达、境界和智慧。

——陈晓明，北京大学教授

《燕寨集》是东南亚研究著名学者吴小安三十余年的生命轨迹、智识历程与情感梦想的抒情写照。与其毕生智识探索的核心概念“海外”相对应，吴小安反复运用了“海”的强力意象，不仅突显了学者兼诗人需要持续面对和航行的世界之浩瀚与无常，更重要的是，坚定了人们在时空跨越中彼此追寻与发现之禀赋，以及籍爱情、友情、亲情、同仁等元素，相互慰籍、拯救与温暖之馈赠。“家”既是地方形成之实践，又是身份认同之栖息（也许还包括梦想），吴小安的诗歌正是揭示“家”于其中多重而复杂的内涵维度。

——施蕴玲（Caroline S. Hau），京都大学教授

如果说旧体诗还可以码字凑韵尾，新诗要写出音乐美、建筑美就真的很不容易了。看起来是大白话，细细读则自有一种隽永之美。除了《未名湖》《燕园》外，印象最深的，是老校长丁石孙去世时，吴小安教授写的那首《那个年代的男人有风骨》，歌颂丁校长迥异于后来者的读书人风骨，说出了很多人的心里话。

——罗新，北京大学教授

吴小安教授是海外华人研究的权威。流动、离散、认同是这一学术领域的核心课题。这本诗集虽然展现的是作者人生经验的轨迹，但同样也涵盖了对这些议题的思考和体悟。吴老师通过文字邀请读者和他一起在不同的时空中穿梭，并通过文学的旅行确定自我和世界的关系。

——王昌伟（Ong Chang Woei），新加坡国立大学教授

从吴小安的诗作，可以看到他从学生到教授的人生轨迹、心灵的独白、对时代的思考，还有他眼睛里的世界。

——王笛，澳门大学教授

图书在版编目（CIP）数据

燕寨集/吴小安著. —上海：上海三联书店，2020. 12
ISBN 978-7-5426-7196-7

Ⅰ. ①燕… Ⅱ. ①吴… Ⅲ. ①诗集-中国-当代
Ⅳ. ①I227

中国版本图书馆 CIP 数据核字（2020）第 176922 号

燕寨集

著　　者 / 吴小安

责任编辑 / 徐建新
特约编辑 / 姚冰淳
装帧设计 / 一本好书
监　　制 / 姚　军
责任校对 / 张大伟　王凌霄

出版发行 / 上海三联书店
（200030）中国上海市漕溪北路 331 号 A 座 6 楼
邮购电话 / 021-22895540
印　　刷 / 上海展强印刷有限公司

版　　次 / 2020 年 12 月第 1 版
印　　次 / 2020 年 12 月第 1 次印刷
开　　本 / 889×1194　1/32
字　　数 / 100 千字
印　　张 / 7
书　　号 / ISBN 978-7-5426-7196-7/I・1664
定　　价 / 55.00 元

敬启读者，如发现本书有印装质量问题，请与印刷厂联系 021-66366565